INFANTIL
ALFAGUARA

DATE DUE

33	JAN 1 6 2001		
OCT 1 9			
25			
OCT 1 9			
27			
9 NON			
25			
FEB 1 3 1992			
25			
JAN 0 6 1993			
24			
41			
MAR 3 0 1993			
2			
DEC 0 9 1996			
54			
SEP 2 9 1997			
54			
JAN 0 5 1998			

¡DIDOLA PIDOLA PON !

o

LA VIDA DEBE OFRECER ALGO MAS

¡DIDOLA PIDOLA PON!

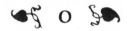 o

LA VIDA DEBE OFRECER ALGO MAS

TEXTO E ILUSTRACIONES DE

MAURICE SENDAK

EDICIONES ALFAGUARA

Título original:
Higglety Pigglety Pop!
Or there Must be More to Life
La maqueta de la colección y el diseño de la cubierta
estuvieron a cargo de Enric Satué ®

Primera edición: marzo 1978
Segunda edición: marzo 1982
Tercera edición: junio 1983
Cuarta edición: abril 1986
Quinta edición: junio 1987

PARA JENNIE

8

Capítulo 1

Hubo un tiempo en que Jennie lo tenía todo. Un almohadón redondo para dormir en el piso de arriba, y uno cuadrado en el piso de abajo. Tenía su peine y cepillo particulares, frascos con dos clases de píldoras, gotas para los ojos, gotas para los oídos, un termómetro, y para el tiempo frío un jersey rojo de lana. Podía mirar por dos ventanas y comer en dos cuencos distintos. Hasta tenía un amo que la quería.

Pero a Jennie le daba igual. En mitad de la noche metió todo en una bolsa de cuero negro con hebillas de oro y se asomó por última vez a su ventana preferida.

—Lo tienes todo —le dijo la planta del tiesto, que estaba mirando por la misma ventana.

Jennie mordisqueó una hoja.

—Tienes dos ventanas —dijo la planta—. Yo sólo tengo una.

10

Jennie suspiró y se comió otra hoja. La planta continuó:

—Dos almohadones, dos cuencos, un jersey rojo de lana, gotas para los ojos, gotas para los oídos, dos clases de píldoras, un termómetro, y encima él te quiere.

—Eso es cierto —dijo Jennie, mordiendo más hojas.

—Lo tienes todo —repitió la planta.

Jennie se limitó a decir que sí con la cabeza, porque tenía la boca llena de hojas.

—Entonces ¿por qué te vas?

—Porque —dijo Jennie, comiéndose el tallo y la flor—, estoy insatisfecha. Quiero algo que no tengo. ¡La vida tiene que ofrecer algo más que el tenerlo todo!

La planta no tenía nada que decir.

No le quedaba nada con qué decirlo.

12

Capítulo 2

Jennie cogió sus cosas y se lanzó al mundo. En la esquina se encontró a un cerdito con dos tablones de anuncio colgados de los hombros. El cerdito sonrió y señaló una caja que llevaba en el tablón delantero, en la que ponía: *Sandwiches gratis, por favor tome uno.* Jennie eligió uno de atún en pan de centeno y lo engulló mientras leía el anuncio del tablón.

Decía: *¿Está buscando algo distinto?*

—¡Sí! —gritó Jennie, cogiendo uno de jamón, queso gruyère y ensaladilla rusa en pan alemán. Siguió leyendo: *¡Se busca! ¡Primera dama para el Teatro Mundial de Mamá Oca! ¡Mucha comida!* (El cerdo se dio la vuelta.) *Si tiene experiencia, llame al EX 1-1212.*

Con todas sus fuerzas, Jennie llamó a gritos:

—¡EX 1-1212!

El cerdo se volvió de nuevo:

—¿Llamaba?

—Sí. Quiero ser la primera dama del Teatro Mundial de Mamá Oca —cogió uno de anchoa, tomate y huevo en pan tostado.

—Me alegra saberlo —dijo el cerdo—. ¿Tiene...?

—Lo tengo todo —interrumpió Jennie, limpiándose el huevo de los bigotes y señalando la bolsa de cuero negro con hebillas de oro.

—¿También experiencia?

Jennie olfateó uno de foie-gras y cebolla en pan blanco.

—No sé lo que es eso.

EL cerdito sacudió la cabeza tristemente.

—Para ser primera dama del Teatro Mundial de Mamá Oca hay que tener experiencia.

—¿Cuánto tiempo tengo para conseguir eso? —preguntó Jennie, sacando cuidadosamente la lechuga de un sandwich de pavo, bacon y mayonesa.

—Hasta la primera noche de luna llena.

Los dos miraron al cielo. La luna estaba casi llena.

—No me dará tiempo —dijo Jennie.

—Si lo consigue, no nos llame —dijo el cerdito—. Nosotros la llamaremos —y desapareció tan deprisa que Jennie apenas tuvo tiempo de agarrar el último sandwich. Era de salchichón. Lo que más le gustaba.

Capítulo 3

Amanecía. Por la calle gris bajaba al trote un caballo tirando de un carro de leche.

El lechero paró el carro para invitar a Jennie a subir. Se quedó mirando la bolsa de cuero negro con hebillas de oro y dijo:

—Se ve que vas a un sitio muy estupendo.

—Claro —dijo Jennie, lamiéndose una pata.

—El sitio más estupendo que hay en mi ruta es la gran casa blanca que está fuera de la ciudad.

—Precisamente allí es donde voy.

—Ya me parecía —dijo el lechero.

—Tienes buen ojo, para ser un gato.

El lechero se rió y guiñó un ojo maliciosamente.

—Hasta he adivinado que eres la niñera nueva que va a cuidar a la Nena.

—¡Qué listo eres! —dijo Jennie moviendo

el rabo—. Pero ¿puedes adivinar lo que se siente cuando se queda uno sin desayunar?

—Toma lo que quieras —dijo el lechero.

Jennie le dio las gracias y subió a la trasera del carro. Metió la nariz en un yogur de frambuesa, y antes de que el carro llegase a la esquina se había tragado un queso de nata entero y había dejado limpia una botella de leche.

—Eres la séptima niñera que tiene la Nena —dijo el lechero—. Todas las anteriores fracasaron.

Jennie sorbió el contenido de media docena de huevos.

—¿En qué fracasaron?

—No consiguieron hacer comer a la Nena.

—¡Mira qué no querer comer! —musitó Jennie, probando la leche descremada—. ¿Y qué fue de esas seis niñeras?

—Simplemente desaparecieron. Hay quien dice —susurró el lechero—, que se las comió el león que vive encerrado en el sótano de la gran casa blanca. ¿Qué te parece?

20

—¡Horrible! —tosió Jennie, volcando adrede la botella de leche descremada—. Pero yo no fracasaré. Haré que la Nena coma.

—¡Eso sí que va a ser una experiencia! —gritó el lechero.

—Qué maravilla —suspiró Jennie mientras lamía una tableta de mantequilla—. Eso es precisamente lo que necesito.

Llegaron al límite de la ciudad y la carretera empezó a tener baches. El carro crujía, las botellas tintineaban; tras un cerro, pasados unos árboles, apareció la gran casa blanca.

Jennie cogió su bolsa de cuero negro con hebillas de oro, saltó del carro, y dijo:

—Muchas gracias.

—De nada —dijo el lechero—. Te deseo suerte con la Nena.

—Yo te deseo suerte con tu reparto —respondió Jennie, y fue corriendo hasta la puerta principal y llamó al timbre.

El lechero no tenía nada que decir.

No le quedaba nada para repartir.

Capítulo 4

La doncella abrió la puerta principal y dijo:

—Usted debe de ser la nueva niñera de la Nena.

—Desde luego que no soy la nueva nena de la niñera —le espetó Jennie, orgullosa de su ágil réplica.

—Sígame —dijo la doncella. Guió a Jennie hacia una habitación que olía estupendamente, la cocina.

—Esta casa lo tiene todo —dijo Jennie.

La doncella sacudió la cabeza.

—Todo menos una buena niñera para la Nena —puso la tapa a una bandeja y la apartó—. El desayuno de la Nena —explicó.

Jennie se desmayó.

—¡Dios mío! —gritó la doncella. Rápidamente llenó de agua una sartén y se la echó a Jennie por la cabeza.

24

Jennie gemía.

—Tortas… ¡tortas con nata!

La doncella preparó un poco de masa apresuradamente y la puso a freír. Metió la primera torta en la boca abierta de Jennie.

—¿Qué es lo que le ocurre?

—El médico lo llama tripa saltona —gimió—. ¿No hay azúcar?

La doncella, buscando el azúcar, tiró al suelo cajas y frascos. Jennie, con aire cansado, le señaló el estante más alto.

—Ahí, al lado de la miel. La miel también es buena.

La doncella fue dando de comer a Jennie las tortas empapadas.

—Eso de tripa saltona suena a algo grave —suspiró pasándose los pegajosos dedos por la frente—. Espero que no le ocurra a menudo.

—Trabajando nunca me desmayo —dijo Jennie—. No se preocupe. Yo haré comer a la Nena.

—No se confíe mucho. Sólo tiene una oportunidad, y si fracasa, el león del sótano la comerá. ¡Esa sí que es una experiencia que no se olvida fácilmente!

Las tripas de Jennie dieron un salto de verdad.

—Con una experiencia me basta —dijo—. ¿Hay café?

La doncella puso un cazo con café a calentar. Jennie se limpiaba la miel de la nariz a lametones.

—La Nena ¿no tiene nombre?

—Tenía, pero nadie se acuerda cuál era.

—¿Ni siquiera su papá y su mamá? —preguntó Jennie. Olfateó—. El café ya está.

—Claro que no —rió la doncella mientras servía a Jennie una taza de café—. Pero llevan muchísimo tiempo fuera. Tengo que acordarme de preguntarles cuando vuelvan.

Jennie bebía su café a lametones muy delicadamente.

—¿Dónde están?

—Ah —dijo la doncella, moviendo el brazo—, en el Castilló Allá —antes de que Jennie pudiera preguntar dónde era eso, sonó un timbre.

—Llama la Nena —dijo la doncella, tomando la bandeja del desayuno—. Sígame.

Guió a Jennie a través de una larga sala iluminada por unas grandes ventanas amarillas a ambos lados.

Con la luz de la mañana tenían color de mantequilla.

—¿Cómo te llamas? —preguntó Jennie.

—Rhoda. ¿Puedo preguntar qué llevas en esa bolsa de cuero negro con hebillas de oro?

—Todo —iban subiendo una escalera estrecha. Jennie abrió su bolsa y Rhoda se paró a mirar—. Es verdad que lo tienes todo.

—Y aún tengo más —dijo Jennie con modestia—. Dos ventanas que me he dejado en casa.

—Repito, es que lo tienes todo.

—Lo puedes volver a repetir —pero antes de que Rhoda pudiera decidir si lo repetiría o no, llegaron al cuarto de la Nena.

28

Capítulo 5

—Nena, aquí está Niñera —Rhoda destapó la bandeja y la puso sobre la mesa.

—¡NO COME! —dijo la Nena.

Jennie olió a zumo de naranja, papilla de avena, huevo pasado por agua y flan de vainilla.

—Buena suerte —le dijo Rhoda bajito—, y no te olvides: sólo una oportunidad.

—La aprovecharé bien —dijo Jennie, siguiendo a su nariz hacia el desayuno de la Nena. Rhoda salió cerrando la puerta suavemente.

Jennie probó el zumo de naranja.

—¡Qué rico!

—¡NO RICO! —gritó la Nena.

—¡No necesitas gritar! —se atragantó Jennie manchándose las barbas de zumo de naranja—. No estoy sorda.

—¡GRITAR! —gritó la Nena.

Jennie se limpió las barbas en la alfombra.

—Si no comes, no crecerás.

—¡NO COME! ¡NO CRECE! ¡GRITAR!

Jennie suspiró y con un golpecito abrió la cáscara del huevo pasado por agua.

—¿Nena quiere probar?

—¡NO PROBAR!

—¡QUE BIEN! —saltó Jennie, y se tragó el huevo con cáscara y todo.

El desayuno iba desapareciendo tragado por la niñera, y de repente la Nena quiso tomar algo también.

—¡COME! —gritó, señalando la papilla.

Jennie le dijo:

—Gracias —y engulló la papilla de avena.

—¡NO COME! —chilló la Nena. Agarró el rabo de Jennie y le pegó un mordisco fuerte. Jennie aulló y se revolvió.

—Mi rabo no es desayuno —gruñó Jennie—. ¿Por qué no me has dicho que tenías hambre? Aquí tienes flan de vainilla.

La Nena intentó alcanzar el flan antes que Jennie y se le cayó al suelo.

31

—¡Impaciente! —dijo Jennie abalanzándose sobre el flan.

La Nena rodó sobre Jennie y cuando se enderezaron de nuevo el flan había desaparecido.

Jennie gimió.

—¡Ha fracasado mi experimento! No quería comerme el flan. ¡Me repugna el flan de vainilla!

Un rugido terrible hizo vibrar el suelo bajo sus pies.

—¡LEON COME! —gritó la Nena dirigiéndose hacia un timbre con el letrero LEON.

Jennie levantó a la Nena, la echó en la bolsa de cuero negro con hebillas de oro, y se sentó a pensar. Dentro de la bolsa, la Nena pataleaba y daba puñetazos y berreaba. Jennie oyó cómo se hacían pedazos sus cuencos, cómo chascaba el termómetro, cómo se rasgaban sus almohadones. Se mordió la pata, se rascó la oreja, y pensó un poco más.

La mano de la Nena asomó de la bolsa, y el peine y el cepillo volaron por la ventana.

33

Entonces Jennie recordó lo que le había dicho Rhoda.

Olfateó buscando una guía de teléfonos y miró Castillo Allá. El número era EX 1-1212.

«Este número me suena», pensó Jennie.

Un jersey rojo de lana medio deshecho rodó fuera de la bolsa. Jennie marcó el número con prisa.

Una voz de señora contestó:

—Dígame.

—Hola, soy la niñera y querría hablar con la madre de la Nena.

—Al aparato. Qué alegría que llame usted. Sabe, nos hemos mudado a Castillo Allá y con tanto ajetreo y traqueteo nos hemos olvidado de nuestra dirección y número de teléfono antiguos y no sabíamos qué hacer para comunicar.

—No conozco a Ajetreo ni a Traqueteo —dijo Jennie—, pero sean quienes sean, les han hecho olvidarse también de la Nena.

—Ya lo sé. La echamos tanto de menos. ¿Nos la podría enviar enseguida?

Las gotas de los ojos, las gotas de los oídos y dos frascos de píldoras distintos se estrellaron contra la pared.

—Desde luego —dijo Jennie con entusiasmo—. Ya está empaquetada. Sólo tengo que ponerle el sello y echarla al buzón.

—¡Ay no, no haga eso! El cartero nunca viene por aquí.

—Entonces ¿cómo la envío?

—Por león —dijo la señora—. Hay uno en el sótano que sabe el camino.

Jennie tembló.

—¿Sabe usted que ese león se ha comido seis niñeras y no sé cuántos niños?

—Dígale el nombre de la Nena y no se atreverá a comerla.

—¿Y cómo se llama la Nena? ¿Y a mí qué me va a pasar?

No tuvo respuesta.

—¿Oiga? ¿Oiga?

Era inútil. La señora había colgado.

Capítulo 6

Jennie dejó una nota para Rhoda. Decía:
«Voy personalmente a llevar a Nena a Castillo Allá yo misma. Alguien me llevará. Saludos, Niñera Jennie. Postdata. No la puedo enviar por león. Se la comería por el camino.»

Jennie cogió la bolsa de cuero negro con hebillas de oro, con la Nena durmiendo dentro, y avanzó con pasos ligeros por la larga sala. Las ventanas de color mantequilla se habían oscurecido y estaban color puré de judías, y giró a la izquierda en lugar de a la derecha.

Jennie se había equivocado de escalera.

Bajó por la escalera y siguió bajando, y los escalones eran estrechos y resbaladizos y parecían no acabar nunca. No se oía más que a la Nena roncando dentro de la bolsa de cuero negro. El ronquido se convirtió en un gruñido.

—Silencio ahí dentro.

—León come —masculló la Nena entre sueños. El gruñido se convirtió en grito, y Jennie iba a sacudir a la Nena cuando su nariz chocó con algo.

La escalera se había terminado ante una puerta de madera. Se abrió con un crujido y el león rugió:

—¡Otra niñera, y está gordita!

Jennie gimió:

—Sólo puedo quedarme un momento.

—¡Estupendo! Con eso me basta para comerme una perrita gorda.

—Tienes que llevar a la Nena al Castillo Allá —gritó Jennie—. Lo ha dicho su madre —empujó la bolsa de cuero negro un centímetro hacia el león y movió el rabo, esperanzada.

El león olfateó la bolsa, cerró los ojos, y olfateó otra vez.

—Ah, Nena. Hace tanto tiempo que no como niños.

Jennie enderezó el rabo.

—Lo que tú tienes que comer es niñeras

—le dijo tajante—, y yo soy niñera y no he conseguido que la Nena coma.

El león se rió.

—Bueno, pues si la Nena no come, yo me como a la Nena. Además —rezongó—, la verdad es que estoy harto de niñeras. Ni una más —y se acercó más a la bolsa.

—No te puedes comer a la Nena. ¡Te diré su nombre!

El león se volvió lentamente, con el ceño fruncido, rencoroso y a la espera.

Jennie se retorció nerviosa y se mascó el rabo.

—¡Es Mona! —gritó.

El león se rió despectivamente y empezó a desabrochar las hebillas de oro con los dientes.

Jennie corría en redondo, ladrando:

—¡Ana! ¡Perla! ¡Natalia! ¡Bárbara!

El león gruñó de satisfacción, levantó la tapa de la bolsa y abrió una boca enorme.

La Nena se despertó, miró y se cayó de espaldas sobre el suelo de piedra.

—¡NO COME! —chilló.

Jennie abrió del todo la bolsa de cuero negro y se la puso al león ante las narices.

—¡Toma! Quédate con todo, pero no te comas a la Nena.

El león olfateó.

—Cuencos rotos, medio termómetro, almohadones rasgados. ¡Esto no vale nada y te lo puedes guardar! —desplegó sus mandíbulas humeantes sobre la Nena.

Sólo quedaba un recurso. Jennie suspiró y metió su cabeza dentro de la boca del león.

—Por favor, cómeme. De todas maneras necesito experiencia. Si no, el Teatro Mundial de Mamá Oca tal vez nunca...

Las mandíbulas del león se cerraron tan repentinamente que Jennie apenas tuvo tiempo de sacar la cabeza. La punta de la barba se le quedó dentro y nunca le volvió a crecer.

—¿Querrías repetir eso?

Jennie lo hizo con mucho gusto, ahora que el león tenía cerrada aquella boca horrorosa. Al instante el león agachó su cabeza melenuda y levantó a la Nena cogiéndola del camisón.

—¿Qué estás haciendo? —ladró Jennie. El león pasó por encima de ella con la Nena colgando de sus mandíbulas.

Jennie le tiraba mordiscos inútiles a los talones.

—¿A dónde la llevas?

El león apretó una pata contra la pared y se abrió una puerta oculta.

Por un momento estuvo agachado en silencio, luego partió de un gran salto hacia la noche.

—¡Espera! ¡No te comas a la Nena! —gritó Jennie. No hubo respuesta.

Jennie miró al cielo. Las estrellas brillaban. Había luna llena.

44

Capítulo 7

Ahora Jennie no tenía nada. Ni cuencos para comer ni almohadones para dormir. No tenía dónde dormir ni tenía qué comer. Se echó a andar en la noche, arrastrando su bolsa de cuero negro con hebillas de oro. Soplaba un viento frío y Jennie estornudó. Pero no había termómetro para tomarle la temperatura ni jersey rojo de lana para abrigarla por el camino. No había camino que seguir.

Jennie tenía la barba enredada, el pelo del cuerpo lleno de nudos, y había perdido su peine y su cepillo. Las gotas para los ojos, las gotas para los oídos y las píldoras de dos clases distintas habían desaparecido para siempre. Se echó al pie de un fresno, con el hocico entre las patas y suspiró.

—La vida debe ofrecer algo más que el no tener nada.

—Eso mismo estaba yo pensando —se lamentó el fresno.

Jennie le miró.

—Pues no entiendo por qué —le dijo—. Tú lo tienes todo.

El fresno dejó escapar un quejido y la regó de hojas.

—Eres más alto que yo.

—Veinte metros más que tú, para ser exactos —murmuró el fresno, dejando caer más hojas todavía.

—Tienes dónde vivir, una copa muy amplia, estás rodeado de amigos, y seguro que alguien te quiere.

—Ya —aleteó el árbol—, eso es verdad, desde luego. Soy el fresno más conocido y más solicitado del mundo.

—Lo tienes todo —dijo Jennie, revolviéndose entre las hojas caídas para buscar una postura cómoda.

El fresno asintió tristemente con la cabeza, dejando caer hojas como lágrimas amarillas.

—Entonces ¿por qué te quejas? —preguntó Jennie, ya medio enterrada.

—Porque —lloró el fresno, dejando caer un gran chaparrón de hojas—, el invierno se acerca y estoy insatisfecho. Los pájaros se han ido, mis hojas se mueren y pronto no tendré nada más que la noche vacía y helada.

Jennie no tenía nada que decir. Las hojas se le amontonaban encima, así que en vez de hablar suspiró y cerró los ojos.

Capítulo 8

Jennie tenía la cabeza llena de leones. Cogió a uno y estaba a punto de morderle cuando unas voces suaves llamaron: «Jennie». Gruñó un poco y siguió soñando. El león decía:

«Por favor cómeme, ya no hay nada en la vida», cuando volvieron a llamar las voces. Jennie dio una pataleta y probó otra vez. Tenía la cabeza del león en la boca y...: «Jennie».

La noche vibraba. En el cielo de luna llena giraban las estrellas y Jennie se sacudió lentamente su lecho de hojas.

—¿Quién llama? —masculló—. Estoy cenando.

—Jennie.

Ante sus ojos apareció un espacio abierto. Nítidamente, como en un sueño, vio tres figuras en pie, a contraluz de la luna. Estaban aplaudiendo y llamándola por su nombre.

Jennie no se movió. Ladró y el eco la asustó. Decidió que era mejor olfatear cautelosamente.

Percibió un olor conocido; se puso a mover el rabo vertiginosamente y atravesó el espacio abierto a la carrera, cayendo, resbalando y rodando. Jennie saltaba de una figura a la otra, lamiéndoles las caras y bailando alrededor.

—¡Rhoda! ¡Cerdo! ¡Lechero! —olfateó la caja de Sandwiches Gratis colocada en el tablón del cerdito. Estaba vacía—. ¿Qué hacéis aquí?

—Somos actores del Teatro Mundial de Mamá Oca —dijo Rhoda.

El lechero hizo una profunda reverencia.

—Y hemos venido a dar la bienvenida a nuestra nueva primera dama.

Jennie se puso de pie en dos patas.

—¿Yo?

—Tú —le contestaron.

—¿No te acuerdas? —dijo el cerdito—. Prometimos llamarte cuando tuvieras experiencia.

—Pero no la tengo —suspiró Jennie—. No hice comer a la Nena ni el león me comió a mí.

51

—Pero metiste la cabeza en la boca del león —dijo una voz desde las copas de los árboles—. ¡Eso sí que fue una experiencia!

Al sonar esta voz Rhoda, el cerdo y el lechero desaparecieron en la oscuridad. Jennie miró hacia arriba y vio que la luna se acercaba más y más. Cuando ya estaba casi encima de ella se dio cuenta de que no era la luna en absoluto. Era una señora, redonda por arriba, por en medio y por abajo, con un vestido blanco.

—¿No te acuerdas de mí? —preguntó la señora, bajándose del aire de la noche.

Jennie sollozó, nerviosa.

—¡NO COME! —gritó la señora.

—¡Nena! —gritó Jennie, dejándose caer de espaldas—. ¡Qué grande y qué gorda te has puesto!

—En un abrir y cerrar de ojos —contestó arrodillándose y rascando a Jennie la barriga.

—¡Te escapaste del león!

—Gracias a ti. Adivinaste mi nombre en el momento preciso.

53

Jennie movió la cabeza.

—No fue eso. Lo único que dije fue que el Teatro Mundial de Mamá Oca...

—¡Ves! Sabías mi nombre desde el primer momento —se estaba riendo.

Jennie corría en círculos, dando ladridos, esparciendo hojas.

—La primera dama —jadeó—. ¡Soy la primera dama!

—Sí, Jennie, y he escogido una función especial para ti, adecuada para tu apetito tan exigente.

Al oír hablar de apetito el hocico de Jennie dio una sacudida.

—¡Eres la primera dama en nuestra nueva producción de *Dídola Pídola Pon!*

—¡Dídola Pídola Pon! Qué bonito —suspiró Jennie.

—¡Yo también actúo! —gritó Rhoda, que apareció de repente con un vestido precioso.

—Y yo —dijo el cerdito, que llevaba un sombrero de copa y unos anteojos.

—Y yo —dijo el lechero luciendo un uniforme muy vistoso.

—¡Y yo! —rugió el león, saltando desde detrás de un árbol, completamente desnudo.

—¡A mí no! —gritó Jennie saltando a los brazos de la señora.

—No te preocupes —gruñó el león—. En Dídola Pídola Pon sólo tiene derecho a comer la primera dama.

—¡Dídola Pídola Pon! Qué bonito —y Jennie volvió a suspirar.

Desde algún punto en el fondo del bosque sonaron unas campanadas, claras como la luz de las estrellas... Era la hora de empezar.

Todos se subieron encima del león.

—¡Al Castillo Allá! —gritó la señora y el león salió disparado. Corría tanto que parecía que el bosque se derretía en la luz de la luna y desaparecía del todo en la noche estrellada.

Pero Jennie no se fijaba en nada. ¡Estaba demasiado ocupada aprendiendo su papel en Dídola Pídola Pon!

57

Capítulo 9

Era la hora de empezar. El escenario estaba preparado en el parque del Castillo Allá. Entre las ramas colgaban linternas de brillantes colores, y mientras el león colocaba al público en sus asientos una pequeña orquesta tocaba una obertura bulliciosa.

Cada persona tenía su propio programa.

La luz de linternas se amortiguó. El telón se abrió lentamente. La luna llena brillaba. Era la hora de empezar.

EL TEATRO MUNDIAL DE MAMA OCA

PRESENTA

UNA NUEVA PRODUCCION DE

¡ OIDOLA PIDOLA PON !

ESTRELLA

MISS JENNIE

EN EL PAPEL DEL PERRO

REPARTO POR ORDEN DE APARICION

La Doncella	Miss Rhoda
El Perro	Miss Jennie
El Médico	Cerdo
El Domador de Leones	Gato

y un León

Lugar: Una habitación en un sitio muy estupendo.

59

60

63

64

66

68

72

Epílogo

Ahora Jennie lo tiene todo. Es la mejor primera dama que jamás ha tenido el Teatro Mundial de Mamá Oca. Jennie es una estrella. Hace una función cada día y dos funciones los sábados. Está satisfecha.

Una vez Jennie escribió una carta a su antiguo amo. Esto es lo que decía:

«Hola,

Como habrás notado, me marché para siempre. Ahora tengo mucha experiencia y soy muy famosa. Incluso soy una estrella. Me como una fregona cada día, y dos los sábados. Son de salchichón, que es lo que más me gusta. También me dan mucho de beber, de manera que no te preocupes. No te puedo explicar cómo se llega al Castillo Allá porque no sé dónde está. Pero si alguna vez vienes por aquí, búscame.

Jennie.»

MAURICE SENDAK

Maurice Sendak, hijo de emigrantes polacos de origen hebreo, nació en Nueva York, en 1928. En su infancia ya disfrutaba ilustrando y escribiendo libros con su hermano Jack, cinco años mayor que él, libros que ellos encuadernaban con papel "cello", incorporándoles unas cubiertas primorosamente ilustradas y rotuladas a mano. Mientras cursaba sus estudios de bachillerato, trabajaba por las tardes y fines de semana en "All American Comics", adaptando las tiras de "comics" a los libros. Al terminar los estudios pasó a ser escaparatista de una tienda de juguetes. Este trabajo lo pudo compaginar con unas clases por la tarde en la Liga de Estudiantes de Arte. Allí aprendió dibujo del natural, composición, óleo...

Una amiga que sabía su deseo de ilustrar libros para niños le consiguió una entrevista con Miss Nordstrom, directora de ediciones de Harper & Row. De allí surgió una estrecha colaboración que dura desde 1950 hasta nuestros días.

Maurice Sendak ha ilustrado 55 libros, entre ellos, libros de Hans Christian Andersem, Marcel Aymé, Clemens Brentano, Robert Graves, Hermanos Grimm, Ruth Krauss, George Macdonald, Isaac Bashevis Singer, Leon Tolstoi... Sólo siete han sido escritos por él.

En 1963, recibió la "Caldecott Medal" por su libro *Donde viven los monstruos,* y en 1970 ganó el Premio Internacional Hans Christian Andersem, en su categoría de ilustradores, siendo el primer americano que alcanza tan alto galardón. Sus ilustraciones para el libro de los Hermanos Grimm le valieron el ser considerado por la revista americana *Time* como "el Picasso del libro infantil".

Títulos de Maurice Sendak publicados en esta colección de Ediciones Alfaguara: *Dídola, Pídola, Pon, La Princesa Ligera, La familia animal, Osito, Papá Oso vuelve a casa, Un beso para Osito, Los amigos de Osito.*

OTROS TÍTULOS PUBLICADOS